衛斯理系列 少年版 10

回歸悲劇

作者：衛斯理

文字整理：耿啟文

繪畫：余遠鍠

老少咸宜的新作

　　寫了幾十年的小說，從來沒想過讀者的年齡層，直到出版社提出可以有少年版，才猛然省起，讀者年齡不同，對文字的理解和接受能力，也有所不同，確然可以將少年作特定對象而寫作。然本人年邁力衰，且不是所長，就由出版社籌劃。經蘇惠良老總精心處理，少年版面世。讀畢，大是嘆服，豈止少年，直頭老少咸宜，舊文新生，妙不可言，樂為之序。

倪匡　2018.10.11　香港

主要登場角色

梅希達

方天

木村信

衛斯理

納爾遜

井上長老

第廿一章

七君子黨

我已記不起自己在這次事件中第幾次**昏倒**了。當我漸漸有了知覺，睜開眼的時候，只見眼前一片**漆黑**，我感覺自己像躺在一張十分**舒適**的沙發上，我慢慢坐了起來，眼前便忽然大放**光明**。

　　我知道，一定是沙發中有 感應器 ，我一動，便會亮燈。

　　我打量了一下，那是一間十分舒服的起居室，沒有什麼出奇的地方。

　　我**不耐煩**地叫道：「好了，我醒來了！」

　　話音剛落，就有一個人旋動門柄，走了進來。

　　那是一個中年人，衣著十分貼身而整潔，照我的觀察，似是**巴爾幹半島**的人。

　　我坐着不動，保持冷靜和鎮定。那中年人坐在對面的沙發上，向我作了一個禮貌的微笑，説：「先生，我想我們可以用**斯文人**的姿態談上幾句。」

　　我冷笑道：「好，雖然你們將我弄到這裏來的方法十分不斯文。」

　　那中年人抱歉地笑了笑：「我們不希望你知道我們是什麼人，也不希望你向人提起到過這裏。不過你可以放心，你

的**安全**絕無問題。」

　　我只是點了點頭，並不說話。

　　那中年人又說：「但你必須明白一點，我們是**不可抵擋**的，你不要試圖反抗，或想和我們作對。」

我 **大聲** 笑了起來，「我才不敢呢，能夠收買國際警方的工作人員，出動數十人，全副先進武器裝備去搶奪一個箱子，而且還可以利用假警察、假警車和迷藥把我擒下，豈是開玩笑的 **！**」

我突然之間講出了這幾句話，表示我已經知道了他們的來歷，我深信他們就是搶奪金屬箱子的那一幫人。

那中年人保持 **淡定**，說：「衛先生，**你真了不起**，你應該加入我們。」

我笑道：「先生，如果你能介紹一下你們的組織，我或

許會考慮加入的。」

　　他攤開了雙手說：「我們幾個人，只想以巧妙的方法弄些錢而已。」

　　「譬如什麼巧妙的方法？」

　　那中年人「哈哈」笑了起來，「譬如不合理的關稅制度，又譬如，有什麼人遭到無法解決的困難，只要給我們合理的報酬，我們就可以為他辦妥」。

　　聽了他的話，我忽然想起一個十分嚴密和神秘的集團，那集團的核心人物只有七個，自稱「七君子」（SEVEN GENTLEMEN），他們七個人國籍不同，卻有一個共通點，就是都曾經為自己的國家打過仗，身經百戰。

　　這七個人的機智、勇敢，和他們的教養、學識，都是第一流的。

　　這個集團行蹤飄忽，難以捉摸，一些大走私案、

大失竊案，甚至國際上重大的情報買賣，都疑似他們所做。
而他們針對的對象，大都是那些 **為$富$不仁** 的傢伙。

　　如今在我面前的那個中年人，無論是態度、言語，都似
受過高度的教育，使我愈來愈相信他就是「七君子黨」的一
員，而從他的口音和膚色，
我甚至可以說出他的名字了。

　　「**梅希達先生**，為
什麼要把我帶到這裏來？」
我問。

　　看到他驚訝的反應，我
知道我猜中了，他是希臘有
名的 **貴族**，傳聞是「**七
君子黨**」的一員。

梅希達很快就鎮定了下來，還與我握手道：「**不愧是衛斯理**。我也不拐彎抹角了，我們是受了一個人的委託，這個人肩負着人類一項極神聖任務，我們必須幫助他，以完成他的理想。」

我立即問：「這和我有什麼關係？」

「有，因為你在不斷地麻煩他，做着許多對他不利的事情。我們請你放棄對他的*糾纏*，別再碰他。」

梅希達的言語雖然很柔和而有教養，但口氣卻十分**強硬**。

我半開玩笑地說：「像我這種**好奇心**極重、又好管閒事的傢伙，嫌我麻煩的人可多了，不知道你說的是哪一位？」

梅希達笑道：「你偷去了他身上的東西，而當中有一些，是關乎某大國的**高度機密**！」

我「噢」的一聲叫了出來，我已經知道他所指的是什麼人了。

他說的那人，正是方天！

「我想起你的委託人是哪一個**王八蛋**了！」我這麼說，是因為方天差點殺了我兩次，如今還委託「七君子黨」來對付我，實在使我**氣憤**不已！

梅希達雖然很有修養，但聽到我如此辱罵他的委託人，也不禁**激動**地說：「他是當代最偉大的**科學家**，是**太空探索計劃**的**掌舵手**。這樣的人物來委託我們做事，我們感到十分光榮，一定要盡力將事情辦妥。」

「那麼，搶奪那個金屬箱子，也是出於他的委託？」我問。

「當然。」梅希達**自豪**地說。

我又追問：「他有沒有告訴你，箱子裏是什麼東西？」

梅希達說：「他說那是一件機密儀器，被**叛國間諜**

偷了出去，賣給敵對的國家。」

納爾遜的直覺得到證實了，方天和那個金屬箱子的確是有關係的。

而我的推斷也快有答案了，方天既然和「天外來物」有着那樣密切的關係，那麼他當真是「天外來人」嗎？

我連忙收起**敵意**，客氣地要求：「我希望和你們的委託人單獨見面。」

「不可以。」梅希達**果斷**地拒絕，自然是顧慮到委託人的安全。

但我提醒道：「我認為這件事應該由你們的委託人自己決定。」

梅希達想了一想，深吸一口氣説：「好吧，你在這裏等着。」

他以十分優雅的步伐走了出去，我不知道方天是否願意單獨見我，我只能在屋中緊張地等待着。

　　過了五分鐘左右，門被緩緩地 **推了開來**，方天出現了，面色依然是那種 **異樣的 蒼** 白。

　　我望着他，他也望着我，他將門關上，向我慢慢地走了過來，在我的對面坐下。

我們又對望了片刻，我一開口就問：「方天，你是從**哪一個星球**上來的？」

方天被我的話嚇得**全身顫動**，面色竟變成了**青藍色**，足足維持了兩分鐘，我聽到方天發出一陣急促的叫聲，我卻聽不懂他在說什麼，只見他突然狠狠地向我**撲了過來**。

我站起來，閃身避開，他便跌在我所坐的那張沙發上，我回身去看他，只見他已轉過身來，手中拿着一柄**小手槍**指着我。

我大吃一驚，連忙喝止：**「方天，不要！」**

第廿二章

方天的來歷

　　我在方天開槍之前，及時伏了下來，一顆子彈在我的頭上呼嘯掠過。我知道他馬上會開第二槍，於是雙手立刻用力將那張沙發翻倒過去。

　　果然接着又是兩下槍聲，但方天已隨着沙發向後翻

倒，自然打不中我。

方天從沙發下爬出來，手槍已掉到一旁去，我看到他手肘有輕微破損，滲着少許 **藍色的血！**

這時候，大門「**砰**」的一聲被撞了開來。兩個手持 **機槍** 的人，衝了進來，緊張地問：「什麼事？」

我連忙伸手捂住方天手肘上的傷口，扶他站起，對來人說：「沒事。意外一場，沙發坐不穩，弄得方先生的手槍走火了。」

那兩個人 **半信半疑**，望着方天，「方先生，你——」

方天最怕被人看到他的藍血，連忙擺擺手說：「**沒事沒事，你們快出去！**」

那兩人也不多說什麼，只好退了出去。

方天甩開我扶住他的手，然後從口袋裏取出一隻如 **潤唇膏** 般的東西，在傷口上塗擦了一下，那傷口便即時止血了。

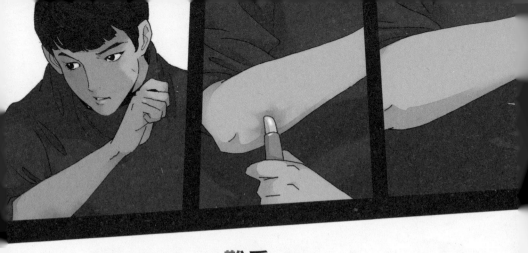

　　但方天的面色十分**難看**，雙手掩住了臉，坐在地上，喃喃地説：「**完了！完了！**你已經知道了我的身分！」

　　我嘆了一口氣，「方天，我明白你的心情，你在我們這裏，一定感到所有人都是敵人，沒有一個人可以做你的朋友，是不是**？**」

　　方天並不出聲，只是瞪眼望着我。

　　我繼續**安慰**他：「你這樣想就錯了，在大學時代，我們幾個都把你當成**好朋友。**」

　　方天以十分**遲疑**的眼光望着我，質疑道：「你願意做我的朋友？即使你知道了我的真正身分，你還會把我當朋友？」

我果斷地說：「當然。朋友之間最重要是**坦白**和**互相信任** ，現在我就坦白地告訴你，我是受了人家的委託來調查你的。」

方天十分 ，立即問：「受什麼人委託，調查些什麼 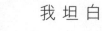？」

我坦白地說：「受你工作單位的委託，調查你為什麼在太空船裏裝置了一個秘密單人艙。」

「他……他們已經知道我的一切了？」方天的神情近乎**絕望**。

我笑道：「如果他們已知道你的一切，就不用委託我去調查了。」

方天突然趨前了一步，緊緊地握着我的手，**哀求**道：「衛斯理，你要幫我的忙，你一定要幫我的忙。**我要回家去，我太想家了。**一個極想回家的人，就算有時

候行為過分些，也是應該被原諒的，你說是不是？」

　　我在他的手背上拍了拍，安慰着他：「當然，我諒解你，也會幫你，**你的家是在──**」

　　事到如今，方天也向我坦白了，他說：「**郭克夢勒司**。意思是永恆的存在，它是土星的其中一個**衛星**●，但你們地球人仍未發現它，因為我們的 **科技** 足以隔絕和誤導你們所有的探測。」

　　他的話令我很震撼，我一時之間不知道該說什麼，便先將那本記事簿，和那排筆似的東西，還了給他，「物歸原主了。」

　　方天欣然地接了過來，在那一排管子上按了幾下，那奇怪的調子便 **＼響／起來了**。他面上流露出既 **思念**又**迷惘**的神色。

　　等那樂曲播完後，我又開口問：「你來了多久？」

　　「十年有多了。」他回答。

我皺着眉，因為如果方天是「天外來人」，理應已來地球有兩三百年。他看出我的疑惑，便解釋道：「我說的是  土星年。」

這樣說來，**方天已在地球待了三百年以上！**

我呆了半晌，他忽然嘆了一口氣，*誠懇*地說：「我離開自己的家鄉已經太久了，都不知道如今那裏變成什麼模樣。當初我到了地球之後，什麼都不想，只想着回去。你

知道我有多害怕自己無法回去，而老死在地球嗎？我剛來的時候，地球上的落後，曾使我絕望得幾乎自殺，不過後來地球人的科學進步得很快，使我終於有可能回家了。」

「你在那枚火箭裏偷偷加設單人艙，就是想乘坐它回去你的星球？」我問。

「對，可是以地球人的科技，還未能追蹤到我們那個星球的位置，因為我們星球上有各種先進的科技防止被別人探測到！」

「那麼你怎樣回去？」

方天苦笑道：「所以我必須找回那具 導 向 儀，它是我們星球的科技結晶，只有靠它，我才可以準確無誤地返回家鄉。」

我恍然大悟，「你說的導向儀，就是如今被裝在那 金屬 箱子 裏的東西 ？」

23

「不錯，就是那東西。衛斯理，我就快成功了。但如果你將我的身分暴露出來，我一定會成為你們地球人研究的對象，說不定你們的醫生還會將我活生生地剖解，所以我才會……以強烈的腦電波，去影響發現我血液秘密的人，使他們——」

我想起佐佐木博士的死，連忙質問他：「佐佐木博士也在其列麼？」

方天立刻堅決否認：「他的死和我完全無關。」

「那麼季子呢？」

只見方天傷感得幾乎落淚，「剛才你説我沒有朋友，這也是不對的，季子便是我的好朋友。不瞞你説，我在火箭裏加設的艙位，看似單人艙，但其實能容下兩個人」。

我「噢」的一聲驚叫出來，「原來你想帶她一起走？怪不得佐佐木博士一直感覺到你會令季子離他而去！」

　　方天嘆了一口氣，「如今季子是否跟我走，都不重要了，我只希望她 安然無恙，我才可以安心離開地球。」

　　看他的反應，我相信佐佐木博士的死、季子的失蹤，都與他無關。

　　我 安慰 他説：「你放心，我必定盡力查出殺害博士的 兇手，找出季子的下落，我相信此事多半和月神會有關係。」

　　方天只是茫然地説：「她是一個 好孩子，在土星也不多見。」

　　我心中還有很多問題，於是又問：「那麼，你是怎樣來到地球的 ？」

　　方天苦笑了一下：「我們的目的地，根本不是地球，而是 太陽 ☀。」

我吃了一驚，「太陽？」

「是的，我們的太空船，樣子像一隻**大橄欖**，在太空船外，包着厚厚的一層**抗熱金屬**，使我們可以在太陽的表面逗留，並通過一連串的**雷達設備**，直接觀察太陽表面的情形。」

我聽得目瞪口呆。向太陽發射太空船，而且太空船裏還載人，這是地球人連想都不敢想的事情！

但方天還未回答我的問題，我追問：「那你怎麼又來到了地球上呢？」

方天苦笑道：「在地球上空，我們的太空船，受到了一枚大得出乎意料的**隕星撞擊**，以致失靈，我和我的同伴被迫降落下來，而太空船則在太空中**爆炸**。」

我登時**驚叫起來**：「你說你還有一個同伴在地球上**？**」

第廿三章

不止一個外星人

方天提起他還有一個同伴，我感到十分震驚，他説：「那 導 向 儀 就是他帶着的，但是我一 **着陸** 便和他失去了聯絡，直到最近，我才知道那導向儀落在日本，成為 **井上家族** 祖傳之物。」

「你們能飛嗎 **?**」我問。

「我們除了血液顏色和地球人不同之外，其餘幾乎一樣，當然不能飛，不過當我們初降落地球時，身上的 **飛行衣** 燃料還沒用完，使我們可以在空中飛翔。」

我「**噢**」的一聲，説：「我明白了。」

「你明白了什麼？」

我苦笑道：「你那位同伴，帶着那具導向儀，降落在日本北部一個沿海的漁村中。」

方天説：「我則降落在**巴西**🔘的一個**斷崖平原**上。」

我點點頭，繼續説：「你的同伴降落時，一定已經受了重傷，被幾個漁民發現，當中包括了井上兄弟在內。你的同伴大約自知活不下去，於是將那具導向儀交給井上兄弟的其中一個，囑咐對方等候另一個『**天外來人**』來取。他可能示範了一個簡易的致富之法，作為報酬。」

我講到這裏，方天點了點頭説：「不錯，致富的方法可多了，其中一個就是你們**趨之若鶩**的**黃金**，其實

是可以用和曬鹽差不多的方法，從海水中直接取得的，只要用一種你們所不知的化合物作為**觸媒劑**。你想知道那觸媒劑的化學成分嗎？」

「**別告訴我！**」我堅決地搖頭，然後繼續説：「既然他要把導向儀交託給別人，我深信他必定傷得很重，活不過幾天就死去了，可是他的遺體在哪裏，井上的祖先卻沒有提及。」

方天**神色黯然**，説：「為了不成為地球人的研究目標，以免影響我的安全，他一定是利用了飛行衣中僅餘的燃料，又飛到太空去，死在太空中，屍體漫遊於 **宇宙** 而不會腐爛。可憐的**別勒阿茲金**……」

方天的話解答了我的疑問，我接着説：「那幾個漁民目擊他從天而來，又飛回天上去，便深信他是從月亮來的，於是創立了 **月神會**，發展至今，已擁有數十萬會員，成為日本最大的邪教了。」

方天呆呆地望着我。

我苦笑道：「不久之前，月神會還以為我是你，將我捉去，要我在他們信徒的大集會中，表演一次飛行！」

方天面色一變，驚問：「他們已經知道我與『天外來人』有關？那怎麼辦？我的身分不能讓人知道！我要盡快離開日本！但離開之前，我必須先把那具

導向儀拿回來！」

我忽然靈機一動，提議道：「焊接那金屬箱子的

工廠，他們的總工程師對我很信任，我們可以請他把那金屬箱子切割開來，箱子中的導向儀你拿去，而那個箱子照樣焊接起來，留給我用。你可同意？」

「我只需要那個導向儀，如果他們願意幫我取出，我當然同意！」方天説。

我 ＼**拍拍**／ 他的肩頭説：「你大可放心，將這件事交給我來辦。」

方天着急道：「梅希達把箱子藏在秘密的地方，我通知他去把箱子運送過來。」

「**事不宜遲了**。」我建議道：「我和你先到工廠去找總工程師談談，你吩咐梅希達他們把箱子直接送到工廠來，縮短運送的過程，這樣比較快捷安全。」

「**好！**」方天站了起來，用手機向梅希達下達指令後，便與我起行，開車前往那家精密儀器工廠。

路途中，我又好奇地問：「你們星球上有 **國家** 嗎 **?**」

方天説：「當然有，一共有 **七個國家**，而且彼此敵對，誰都想消滅誰。但正因為如此，反而一直沒有戰爭。因為哪兩個國家一旦開戰，便會『**鷸蚌相爭，漁人得利**』，兩國被其餘五國瓜分掉！」

我沿途問了不少關於方天家鄉星球的事，方天都樂於和我分享，但也不忘提醒道：「我説得太多了，你能答應我，不告訴別人嗎？至少在我還未成功回去之前，替我 **保守秘密**。」

我一口答應：「當然可以，你不必擔心。但我必須説明，雖然我不會告訴別人，但難免有些人已猜出一點 *端倪* 來，例如那個總工程師木村信就猜想過，如果真有『天外來人』的話，他很可能會以外星的時間壽命活着。」

方天聞言面色一變，緊張地問：「這⋯⋯這是什麼意思，他⋯⋯他也知道我麼？」

我連忙解釋：「不是，他只是猜想到這種時間觀念而

已。」

　　這時車子已到了工廠附近，方天忽然雙眉緊鎖，面色**漸漸發青**，我擔心地伸手拍拍他的肩膀：「方天，你怎麼了？」

　　他緊緊地抓住了我的手，講了一句我聽不懂的話。

我着急道：「喂！你別講 **外星話** 好麼？」

方天 **喘着** **氣** **説**：「木村信在哪裏？快，我們快

去見他！」

「就在前面！很快就到了！」

我全速駛到工廠門口，車

子一停，方天二話不説

跳 **下** **車** **來**，拉着我的

手往工廠裏跑，工廠不少守

衛認得我，所以沒有阻攔我們。

我一邊為方天指路，他一邊喘

着氣對我説：「我們要小心些。」

「小心什麼？木村信不是

危險人物。」我説。

「他本人當然不是危險人物，但他早已死了，如今極其危險的是他腦袋裏的 思想 ！」

這是什麼話？方天一定是精神失常了。

「我又感到了，我又感到了！可怕！」

愈接近目的地，他的情緒變得愈 激動 。

當我們來到「總工程師辦公室」門外的時候，只見方天 面色發青，突然從身上取出兩張十分薄、幾乎看不見有什麼東西的 薄膜 來，交了一張給我，近乎命令道：「罩在頭上！」

「這是什麼玩意兒 ？」

方天緊張地說：「**別管，照做！** 這是我們百年來拚命研究才發明出來的東西，沒想到在地球上也會用到它！」

他一面說，一面將那薄膜罩到自己的頭上，而我也依照他的方法去做。

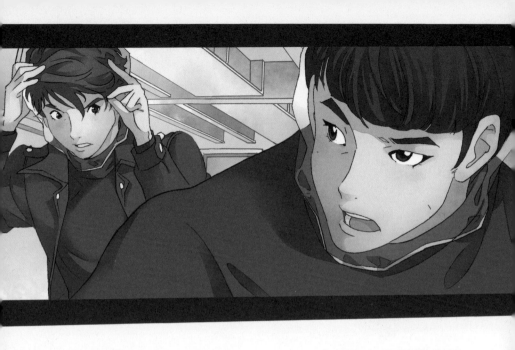

我們都罩好後，方天敲了一下門，房裏傳出木村信的聲

音：「誰啊？」

方天望向我，我便説：「是我，衛斯理。」

「請進來吧。」

我旋動門柄，**推開了門**，只見木村信坐在桌前，正

在翻閱文件，我開口説：「木村先生，我帶了一個朋友來見

你。」

木村信抬起頭來，「是麼──」

他才講了兩個字，方天已跨前了一步，面色藍得像**原子筆墨水**一樣，望着木村信。

而木村信也站起來，**呆若****木雞**地望着他。

我大感奇怪，難道他們兩人是認識的？我忍不住問：「你們——」

可是，我只吐出兩個字，方天便已經向木村信講了一連串的話來。

那一連串的話，全是我聽不懂的**外星語言**，我真的驚呆到極點了。

難道木村信也是外星人？

第廿四章

「獲殼依毒間」

我留意到木村信的臉色並沒有發藍，和方天不一樣。

那麼，木村信究竟是不是外星人呢？

只見方天**毫不留情地**、以十分激烈的言語在**痛罵**着木村信。但內容是什麼，我一點也聽不懂。

我踏前一步，想勸勸兩人，但見木村信的身子忽然**搖搖欲墜**，倒在椅子上，**臉無血色**。

就在這一剎那間，我感到似乎有什麼東西在我的額頭上連撞了幾下。

那是一種十分**玄妙**的感覺，不痛不癢，只好像有什麼

東西想鑽進我的腦袋一樣。

方天轉過身來，望着我，然後又望向窗外，嘆一口氣說：**「他走了！我必須先對付他！」**

想不到外星人也會發神經病的，在這房間中，一共只有三個人，方天、我和木村信，如今三個人都在，方天卻怪叫着「他走了」，走的是誰？

我正想斥責他，可是當我看到木村那發青的臉色，不禁**大吃一驚**，那分明是死人的臉色。我連忙走過去，一探木村的鼻息，果然**氣息全無**，而且身子冰冷。

我立即望向方天，只見方天神色沮喪，指着木村信說：「他早已死了。」

我**勃然大怒**，厲聲質問：「你這個**魔鬼**，你剛才用了什麼方法弄死他？」

我一面怒吼，一面向他逼近，把他逼到牆壁去。他退無可退之際，辯解說：**「他早已死了，在我們來到之前，他已經死了！」**

我抓住他的衣領，幾乎將他整個人**提了起來**，喝道：「他死了？那麼，剛才和你講話的人是誰？」

41

　　方天説：「那不是他，是──」接着那句是我聽他説過幾遍的話，硬要把讀音寫成漢字的話，那便是「**獲殼依毒間**」。

　　「那是什麼？」我怒問。

　　方天**一臉為難**，「我實在沒辦法用**三言兩語**向地球人解釋『獲殼依毒間』是什麼。」

　　「那你就慢慢解釋，我給你時間。」

　　「在這裏？」他看了一眼木村信。

　　我想了一想，也覺得不宜在這裏逗留，因為只要有人發現了木村信的**屍☠體**，我和方天都脱不了**?嫌疑?**。

　　我固然是無辜的，但即使方天真是**兇手**，警察把他

逮捕了，也難以證明他殺人的方法。況且，方天最怕被人知道自己**外星人**的身分，如果他是真兇，他大可以用相同的方法，瞬間把警察殺掉。

考慮到各種情況，我也同意先離開這裏，找個安全的地方讓他慢慢解釋。

於是我拉開門一看，趁走廊上沒有人，我們便把罩在頭上的薄膜除下，迅速溜了出去。

我們一到升降機門口，便看到升降機裏走出一個抱着一大疊文件的**女職員**，向木村信的辦公室走去，那女職員還十分奇怪地向我和方天望了一眼。

我和方天強作鎮定，踏進了升降機，在升降機下落之際，我們都清晰地聽到了那女職員的**尖叫聲**。

方天的面色**更藍了**，我安慰他：「不怕，我們可以及時脫身的。」

升降機到達地面後，為免惹人起疑，我們裝作**若無其事**地走出大門，上了我們的車子，立刻開車離去。過了沒多久，我們便聽到警車「**嗚嗚**」的聲音，朝工廠方向而去。

「我們到哪裏去？」方天問。

我想了一想，猶豫道：「附近倒有一個地方適合我們暫時藏身的……」

「什麼地方？」

「佐佐木博士的家。」我説。

方天呆住了一會，問道：「佐佐木博士是怎麼死的**？**他身上有沒有傷痕？」

我回答道：「有傷痕，他是被兇徒殺死的。」

方天「**嗯**」了一聲説：「那和『獲殼依毒間』**無關**。」

我禁不住又追問：**「那句話究竟是什麼意思？」**

方天説：「我們到了佐佐木博士的家裏再説吧。」

我全速駛往佐佐木博士的大宅，二十分鐘左右就到了大宅門口，我們下了車，看到花園的鐵門鎖着，還有警方的封條，但內裏 **一片漆黑**，不似有人駐守。

我躍進了圍牆，又將方天拉了進來，然後並不向正屋走去，而是來到花園上那個小石屋。我 **弄開了鎖**，和方天一起走了進去，為怕引人注目，我們並不開燈。

石屋內一片漆黑，我摸到了一張椅子，給方天坐，而我自己則在牀沿坐了下來。

我**深吸一口氣**說：「你可以詳細說一說了。」

可是方天並不出聲，我又催了一遍，他依然沒有說話。在漆黑之中，我隱約地聽到他的**抽泣聲**。

我沉聲道：「我不知道你為什麼會哭。還是說，在你們的星球，『**哭**』有着跟我們地球人完全不同的意義？」

方天沒有直接回答我，花了好一會時間，情緒才平復下來說：**「就是在這裏，季子曾經吻過我。」**

原來他是想念季子，我安慰道：「你不必難過，我相信歹徒不會危害季子的性命，不然的話，他們也不用擄走季子，與對待佐佐木博士的手法**截然不同**。」

方天嘆了一口氣，「但願她沒有受到傷害。」

「 **言歸正傳** ，『獲殼依毒間』到底是什麼？」

「它其實是——」方天正要講解的時候，忽然又驚叫起來：「**噢！糟了！**」

「什麼事？」我緊張地問。

「**那箱子！**我們忘記了梅希達正在運送箱子去那工廠！」

「對啊！」我**如夢初醒**，促催道：「你趕快截住他**！**」

方天立刻用手機致電梅希達，可是電話接不通。

　　他立刻嘗試致電七君子黨的其他成員，也同樣接不通，我們漸漸感到**不對勁**。

　　在方天不斷嘗試打電話的時候，屋子裏最黑暗的角落處，忽然傳來一把熟悉的聲音說：「不用再打電話了，你聯絡不上他們的。」

　　我一聽便認出這是納爾遜先生的聲音，但方天卻被嚇得慌忙想**逃跑**，我及時拉住他說：「別走，是自己人。」

我的話才説完，「啪」的一聲，電燈已亮着了。納爾遜先生正笑嘻嘻地站在我的面前，望向方天説：「這位一定是著名的太空科學家海文·方先生了。」

　　方天對納爾遜充滿戒心，於是我向方天介紹道：「他是我的好朋友，國際警察的高級主管。雖然如此，我也絕不會向他透露你的秘密。」

方天依然非常**疑慮**，質疑道：「可是他……他剛才叫我不用打電話，他怎麼……怎麼知道我要聯絡誰？」

這一點我也**大惑不解**，不禁用疑惑的眼神望向納爾遜。納爾遜笑道：「我當然知道，你們要聯絡的人就是——七君子黨。」

我和方天不禁呆了一呆，方天**戰戰兢兢**地問：「那……你怎麼知道我聯絡不上他們？」

納爾遜**陰沉一笑**，「因為他們已經被捕，而那個金屬箱子，我也取回來了！」

第廿五章

地球人的大危機

方天得知那金屬箱子已在納爾遜手上，**焦急不已**地問：「箱子在哪裏？在哪裏**？**」

納爾遜説：「保管得很好，大概不會再被人搶去了。」

「快把箱子還給我**！**」方天**怒吼**。

納爾遜卻**氣定神閒**地説：「還給你？那是你的東西嗎？如果那東西是你的，為什麼還要委託七君子黨去搶過來？」

方天反駁道：「東西被人搶去了，找人幫忙奪回來也很合理吧？」

納爾遜卻得勢不饒人地**逼問**：「據我所知，那箱子和箱子裏的東西是屬於井上家族的祖傳之物。不過我也知道，箱子裏的東西本來不屬於井上家族，他們一直等着三百年前的物主來取回。你説那東西是你的，除非你就是——」

沒想到納爾遜也查到了這麼多線索，他分明是想逼方天説出身分。

方天正在內心掙扎，他極需要取回那具導向儀，才能回到自己的星球●；可是，他又不想讓其他人知道他外星人的身分，尤其是警方，他擔心自己成為了地球人的研究對象，永遠回不了家鄉。

方天急得快要爆炸了，我嘗試緩和氣氛，向他勸説：「方天，我老實和你説，納爾遜是我最好的朋友，絕對可以信任。」

「你的意思是——」方天眉頭緊鎖望着我。

我誠懇地建議道：「將什麼都講給他聽。」

方天失聲大叫：「不能！」

「方天，這是唯一的辦法了。」我也替他着急起來。

但方天竟突然哈哈大笑起來，使我和納爾遜都感到莫名其妙，不禁互望了一眼。

　　本來處於被動的方天，立時變得強勢起來，威脅道：

「你們和我為難，也絕沒有好處！」

　　納爾遜滿臉[?]狐疑[?]，似在懷疑方天只是故弄玄虛，

嚇唬納爾遜把箱子交給他。

　　但我熟悉方天的性格，從他的神情和語氣看來，我深

信他必定 話中有因 ，便追問道：「為什麼？」

　　方天向納爾遜一指，說：「剛才若不是這個人出現，我大概已經向你說明了。地球上的人類正面臨着一個*空前危機*，只是你們不知道。除了我之外，沒有人知道這個危機，更沒有人懂得如何應付這個危機！」

　　我和納爾遜都呆住了，納爾遜依然在懷疑方天是否在**撒謊**；而我心中則迅速地思索着，剛才在納爾遜出現之前，我正在等方天講述「**獲殼依毒間**」是什麼，難道方天說我們地球人將面臨的危機，就是與「獲殼依毒間」有關？

　　方天**惱羞成怒**地說：「我會遇到什麼損失，衛斯理是知道的，就算我一輩子回不了家，也沒有什麼大不了。但是你們如果解決不了那個*危機*，下場就會跟木村信一模一樣**！**」

　　他提到了木村信，使我更吃驚了，因為我是親眼目睹木村信是怎樣**離奇**地死去的。

方天的情緒稍稍緩和了下來，望着我說：「衛斯理，我把你當朋友，我也不想看着你變成木村信那樣。如果你能幫我的話，我也會幫你，幫你們所有人。」

我感受到方天的**真誠**，於是**點了點頭**，轉過身來，對納爾遜說：「納爾遜，你能不能完全相信我？」

我本來是勸方天妥協的，現在卻反過來勸説納爾遜，

他 疑惑 地問：「我相信你又怎樣？」

「如果你相信我的話，請你一切都不要過問，我要你做的事，你都要答應。」我說。

納爾遜 不滿 道：「哼，你還說我是你最好的朋友？你要我為方先生做任何事，看來他才是你最好的朋友呢！」

我苦笑了一下，誠懇地對他說：「我就是把你當作**最好的朋友**👍，所以才會向你提出這個要求，因為我知道你會信任我，會無條件答應我。對嗎？」

納爾遜沉默了半晌，在小石屋裏 踱來踱去👣，終於嘆一口氣說：「好吧，你想我怎麼做？」

我和方天都大大地 舒了一口 氣，我對納爾遜說：「很簡單，將那金屬箱子切開，箱中的東西給方天，然後箱子照原樣焊接起來，我要向B國大使館交代。」

「那對我有什麼好處？我又怎麼跟A國交代？」納爾遜又不滿了。

　　我 **安撫** 道：「請相信我，方天所做的一切，對Ａ國絕對沒有半點危害。至於方天的身分，等到所有事情完結後，我相信他也不會介意我將他的一切告訴你們。目前就請你跟Ａ國那邊說一下，讓他們放心。」

　　方天點頭確認我的說法，當他成功*離開地球* ，

回到家鄉的時候，自然不怕我把他的身分公開。

納爾遜又嘆了一口氣，拿出**通訊器**，喊了一句：「把車開過來！」

然後他對我和方天說：「跟我來吧。」

他一面說，一面走出屋子，我和方天跟著他，來到大宅門外，一輛汽車剛好駛過來。

司機下了車，讓納爾遜親自駕駛，我坐到前座，方天坐在後座。

納爾遜開車後，我問他：「為什麼你會在佐佐木博士的家裏？」

「當然是幫忙調查這宗**轟動**的**大案**。」

「國際警方也介入了？那麼你們可有發現？」我問。

「有一點。」納爾遜說：「我懷疑是**月神會**做的。」

我**怔了一怔**：「和我估計的一樣。」

於是我將我在大宅外遇伏，被弄到月神會總部去，及後又冒險逃了出來的經過，向納爾遜説了一遍。

這時方天**緊張**地説：「這麼説，季子是被月神會擄去了**！**」

我點點頭，「估計是，我們必定**盡力**把她救出來。」

車子在一所普通的平房門前停了下來，納爾遜説：「這是國際警方的另一個站點，房子下面有着完善的**地窖設備**，負責人十分忠貞，絕不會再給人收買的。」

納爾遜帶着我們進去，直走向地窖，竟看到地窖裏至少有六個人，全部**橫💀屍地上**，都是納爾遜的部下！

我們**驚訝**得瞠目結舌。

「是不是七君子黨？」我問。

納爾遜想了一想，很快就否定：「不會，他們的核心成員仍被嚴密拘留着，而普通成員無法做出這樣的行動**！**」

「那麼箱子還在嗎？」方天緊張地問。

納爾遜一眼就看到箱子已不在了，向方天搖搖頭。

方天雙手捧住了頭，頹然地坐在地上。

我正想安慰方天的時候，發現地上有一個 **打火機**，而我認得機身上的 **月神會會徽！**

我拿起打火機對他們説：「你們看，是月神會！」

當事情有了眉目之際，方天忽然離開地窖，跑了上去。

61

我**愕然**道：「你去哪兒？」

方天説：「我感覺到那箱子好像在附近**！**」

我連忙追了上去，但納爾遜沒有跟來，仍在案發現場搜集證物。

我剛步出門口，只見方天已奔跑了幾十米，然後站着不動，好像在感應着箱子的位置。

「在附近！我感覺到在附近！」方天**喃喃自語**。

這時候，一輛  **黑色的轎車** 忽然疾駛而至，向行人道上的方天衝過去，我大叫一聲：「**方天，小心！**」

那是駕駛技術一流的司機，剛好把車子停在方天的旁邊，原來他們不是要撞倒方天，而是從車裏跳出三個人，把方天擄去。

　　我立刻 **疾衝過去** 營救他，但是只奔出了幾步，便

「**撲**」的一聲，有子彈從車裏向我發射過來，只聽到

方天絕望地喊叫：**「衛斯理！」**

第廿六章

追逐

我及時伏下來，避開了子彈，而那輛車子卻準備開走了。

我連忙掏出一枚**尖釘**，向車子的輪胎射去。只聽得「**嗤嗤**」之聲不絕，車身顛簸了起來，一條輪胎已漏氣。

車子停下，兩條大漢下車，向我*疾衝過來*，手中套了滅聲器的槍不斷朝着我發射。

我不停地閃動，使他們失去射擊的目標，才能保住性命。我躲回屋子裏去，希望納爾遜能當我的救兵。

那兩名大漢果然追了進來，這

時屋裏的燈忽然完全**熄滅**，我知道是納爾遜關燈的，這表示他已經知道出了狀況，正在協助我應付。

我悄悄走到通往地窖的**樓梯**，但我沒有走下去，而是在樓梯口旁邊埋伏着，等待突襲的機會。

這時候，屋外響起車子開走的**聲音**，那兩人其中一個説：「他們弄好輪胎，開車走了，我們也快走吧。」

但另一人反對：「那怎麼行**？**長老吩咐過，除了方天，**其他人不能留活口**。」

一聽他們提到「**長老**」，使我更加確定他們是月神會的人。

他們繼續對話：「那我們分頭去找一找。」

「小心些，那人身手十分**矯捷**，可能就是上次弄錯了，被他在總部逃走的那個中國人衛斯理。」

我不禁苦笑起來，他們終於知道自己弄錯人了，可是如今我的處境就變得更危險，因為他們不用對我客氣。

腳步聲**愈來愈近**，當其中一個大漢來到樓梯口的時候，我能隱約看到他的身體**輪廓**。

這時我就像一頭豹子一樣，**了無聲息**地**撲了上去**，把他手上的槍打掉，然後一腳將他**踢下地窖**去。

那人滾下地窖的聲音引起了同伴的注意，同伴驚問：「大郎，什麼事？」

我聽到對方急匆匆地跑了過來，於是一閃身，輕輕伸腳一勾，他便連人帶槍一起滾下地窖去，交給我的好朋友兼好拍檔納爾遜去處理。

地窖裏隨即響起了兩下槍聲，我心中不禁**涼了一涼**，因為我這個做法難免有點賭博的成分，那兩下槍聲可以是納爾遜開槍制伏兩人，也可以是那兩人開槍殺了納爾遜。

我戰戰兢兢地走下地窖，揭曉結果，看到拿着槍的人是納爾遜，便鬆了一口氣，但納爾遜卻睥睨着我説：「你對我太有信心了吧？萬一我制伏不了他們怎麼辦？」

我笑道：「好朋友就是要互相信任嘛，對不？」

只見那兩個大漢腿部中槍，坐在地上，被納爾遜用槍指着，我撿起另一把槍，指着其中一人的額頭，質問道：「你們準備將**方天**綁架到什麼地方去？」

「原來方天被綁了？」旁邊的納爾遜有點愕然。

那人**驚慌**地回答：「海邊……的總部。」

「就是我到過的那個地方？」

那人**戰戰兢兢**地說：「**對……你……就是衛斯理？**」

我笑了笑，等同默認，然後又問：「你們在這裏搶去的那個金屬箱子呢**？**」

那人忽然緊閉住嘴，我便作勢要開槍，喝道：「我先殺了你，再看看你的同伴是否願意答！」

那人驚叫了一聲，連忙答道：「箱子好像在汽車的行李箱裏，如今，也要到海邊的**總部**去了。」

我滿意地點點頭，提出最後一個問題：「**佐佐木季子呢？**」

那人搖搖頭說：「我不知道。」

我「**哼**」了一聲，故技重施，又作勢要開槍，但他依然猛地搖頭說：「我真的不知道，我只是一名打手，

很多機密都不知道的！」

　　我相信他沒有騙我，便轉過頭來，問納爾遜：「你為什麼 **一言不發** ？」

　　他聳聳肩說：「你不是叫我一切都別過問，只要跟著你的話去做嗎？我正在等待你的指示呢。」

　　我知道他在說 **晦氣話** ，便笑了笑，給他指示：「把這兩個傢伙交給日本警方，然後立刻準備一艘 **快艇** 、一輛 **高速汽車** ，我們要追截月神會運送方天和金屬箱子的那輛車。」

「快艇 **?**」納爾遜 **大惑不解** 地皺着眉。

「你有所不知,月神會總部的位置 **獨特**,我也希望我們用不上快艇。」

「那為什麼不直接叫日本警方去 **剷除** 月神會?」他問。

這當然是有原因的,一來月神會的勢力已伸展到日本警方內部,二來如果那導向儀落入日本警方手裏,或者方天的身分被人發現,方天就可能永遠回不去家鄉了。但我沒有向納爾遜解釋。

我半開玩笑地説:「時間無多了,我不是叫你別過問嗎?照着辦就好 **!**」

　　納爾遜也刻意敬禮道：「遵命！」

　　他果然 **迅速** 把事情安排好，一輛  **跑車**

很快就在門外等着。

　　我和納爾遜上了車，我坐上駕駛位，二話不說便立刻

開車 **疾馳而去**。

　　　　　　　　我將跑車駛得 **極快**，希望能追回落

　　　　　　後了的大段時間。我必須在進入山路前，把

　　　　　　　　　　　　月神會的那輛車截

停；否則一進入山路，那就是一條狹窄而唯一的通道，萬

一被月神會發現了的話，我們根本無處可逃。

　　由於車速太快的緣故，

我們的跑車幾乎是在路面上

飄浮起來的。

　　公路上的車子愈來愈少，但雨雪

卻*愈來愈密*，我不得不將車速放慢。

漸漸地，雨雪變成了**大雪**＊，前面的視野已經十分模糊，納爾遜不住提醒我小心駕駛，我盡量保持着車子平穩，將速度限制在僅僅不會翻車的極限上。

大約過了半小時，我依稀看到前方好像也有一輛在飛馳的汽車，但因為雪片紛飛而看不清楚。

我向納爾遜説：「前面好像有一輛車子。」

「**快追過它！**」納爾遜説。

我盡了最大的努力，花了幾分鐘，也只能靠近那車子一點點。

納爾遜立刻動用他那世界第一流的**偵探頭腦**分析道：「它的速度不比我們慢多少。在這樣大雪的環境中，以僅次於我們的速度，在如此**荒僻**的公路上疾馳的，會是什麼人？」

我點頭認同，「我也覺得是他們！」

納爾遜從車座的墊子下，取出了一柄槍，然後*絞下*
了 車窗 ，大雪立即從窗外撲了進來。

「你想幹什麼？」我驚問。

只見他右手拿着槍，已經伸出窗外，瞄準前方說：「我
讓他們停下來。」

就在納爾遜準備開槍之際，我終於隱約看到前方那輛
車子的外形了，它是**深綠色**的，並不是將方天綁走的**黑**
色轎車 **！**

「**別開槍**！不是他們！」我連忙大叫，阻止納爾
遜開槍。

可是，槍聲已經響起了！

第廿七章

失而復得

「**砰**」的一下槍聲響起，使我**驚惶失措**，也氣惱納爾遜太衝動，沒有確認清楚前面那輛是否月神會的車子便開槍，如今很可能已經**傷害無辜**了！

可是，前面那輛綠色的車子並沒有中槍失事，相反，我們的車子卻突然像**脫韁野馬**一樣，向上跳了起來。

在那一瞬間，我明白了，剛才那一聲槍響，並非發自納爾遜的**手槍**，而是從前面那輛車子射過來的，我們的車子已經被射中了。

我們車子的四輪已經離開了地面，在那樣的情形下，我除

了保持鎮定之外，實在絕無他法了。我不得不佩服納爾遜的是，他在車子**騰空**的情形下，在安全氣袋彈出之前，及時向前面的車子**連發了四槍**！

我錯怪納爾遜了，剛才我還以為他衝動開槍，傷害無辜，但原來他拿槍伸出窗外，只是為了逼對方露出**真面目**，如果對方真是匪徒，必定也會拿出槍來迎戰的。結果對方真的開槍了，納爾遜確定對方是匪徒，便立刻開槍**還擊**。

我們的車子騰空之後落地，落地之後又彈了起來，達兩三次之多。車子的安全氣袋早已彈出，我和納爾遜都**動彈不得**，只能隨着車子翻滾。

車子終於靜止下來了，但已**四輪朝天**，我和納爾遜解開安全帶，連忙爬出車外。

納爾遜用手機通知部下派車來營救的時候，我們互相打量着對方，看到彼此都沒有受傷，不禁**相視而笑**。

雪花迎面撲來，**寒風徹骨**，我們趕快看看四周，

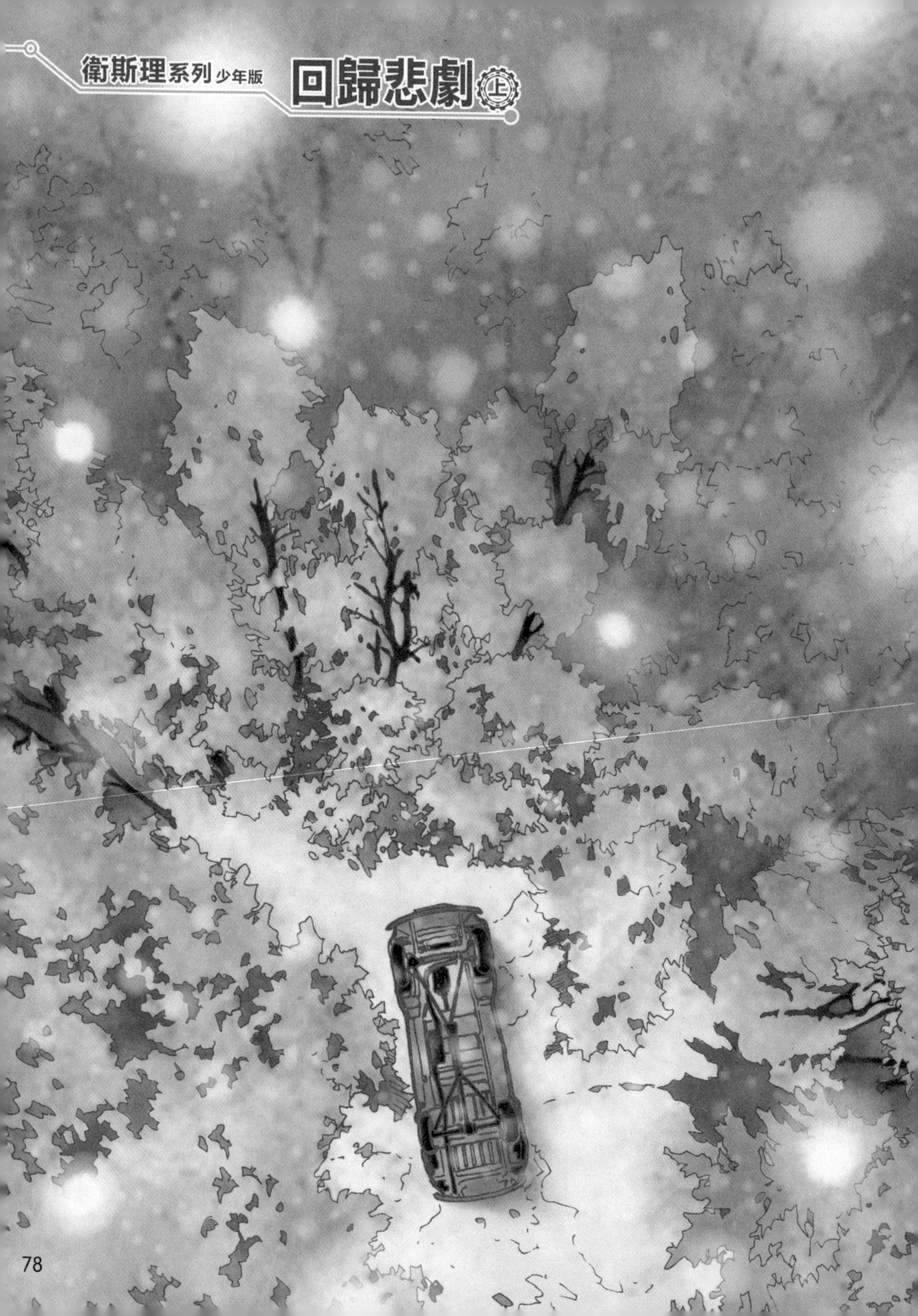

看到在前面約二十米處，那輛綠色的汽車，翻側在雪堆之上。

納爾遜指着那輛車叫道：「就在前面 **!**」

他一面叫，一面向前飛奔而去，我立刻衝前拉住了他。

「小心，我們翻車也能絲毫無損，他們也可以！」我低聲提醒道。

於是我們立即伏下來，像向碉堡進攻的戰士一樣，在地上匍匐前進。

那輛車子所受的損害程度，比我們想像得更**嚴重**。納爾遜所發的四槍，**全中目標**●，其中一槍打中了車子的後輪，使得那後輪整個毀掉。

另外三槍打中了車身，留下了明顯的彈孔。

當我們接近到可以看清車廂內情況的時候，我們**大吃一驚**，因為車廂裏竟然沒有人！

難道對方和我們一樣，早已爬出了車子，等着向我們伏擊？

我和納爾遜慌忙站起來戒備，背靠着背，**金睛👁火眼**地注視四周，我終於看到不遠處的地上，有一個人倒臥在**血泊**中，相信是那綠色車子的司機，因為沒戴好安全帶，被拋出車外，而且顯然已經**當場☠斃命**。

除了這人，我們沒看到其他屍體了。

納爾遜走到那 *綠色車子* 🚗 的後面，一腳踢開了行李箱蓋，那輛車子的行李箱是特製的，容積很大，而我們在行李箱裏看到了那個我們熟悉的 **金屬箱子**！

「**找回來了！**」我和納爾遜不禁歡呼起來。

可是我們同時又想起一個疑問：「方天呢？」

而且，我清楚記得，擄走方天的汽車明明是 **黑色** 的，如今怎會變成了這輛綠色的車子？

我想了一想，便明白過來了，分析道：「**車子一共有兩輛！**一輛運送這個金屬箱子，另一輛運送方天！」

「那麼我們只追回了箱子而已，還未救到方天，怎麼辦？」納爾遜問。

我搖搖頭，嘆了一口氣說：「我們已耽誤太多時間，恐怕沒法追上了，只好從另一條捷徑，直搗他們的巢穴。」

「另一條捷徑？」

我苦笑道：「我不是讓你準備了 **快艇** 嗎？看來不得不動用它了。」

　　我和納爾遜不敢**怠慢**，一起將那個金屬箱子搬了下來，搬到了我們自己的車子旁；然後又合力將我們那輛四輪朝天的汽車，推正過來。

　　納爾遜快速檢查了一下車子，說：「雖然車身**損毀嚴重**，但引擎和主要機件仍運作良好，冒一下險，車子還是可以開的。不然的話，就要等援兵——」

　　我未等他說完，已經躍進車廂，坐在駕駛位上，說：

「**事不宜遲了！**這個險由我來冒，你留在這裏守住箱子，等援兵來接應吧！」

「**那麼你——**」納爾遜有點替我擔心。

「總不能帶着這麼大的箱子去闖月神會總部吧？我們得分工合作了，我去救方天，你先把這個箱子安置到安全的地方去。」

納爾遜勉強笑了一下，「好吧，**祝你好運**」。

我向他揮了揮手，便*踏下油門*，車子發出一陣**吼聲**，飛馳而去。

我相信月神會那輛黑色汽車已進入山路了，那是通往月神會總部的唯一陸上通道，而且道路非常狹窄，我走那條路的話，萬一遇上月神會的**迎頭痛擊**，根本無處可避，與送死沒有分別。

所以我只能從 水路 潛入月神會的總部。於是我改變路線，開車前往海邊一個 小碼頭 ，納爾遜早已命人在那裏準備了快艇。

到達後，我把車子停在路邊，下車走向碼頭，有兩個日本男子立刻向我迎過來。

其中較年輕的一個以流利的英語問我：「你這輛跑車的馬力是不是有**五百八十四**？」

這是預定的 暗 號 ，我笑道：「不，是六百一十八匹。」

「噢，是今年的新型號 ！ 」他們 驚 嘆 。

我又笑道：「又錯了，是去年十一月。」

那兩人聽了我的回答，較年長的那人便壓低聲音說：「我們已經收到納爾遜先生的 *指示*，請跟我們來。」

　　我便跟他們往小碼頭走去，那年輕的告訴我：「剛才他們也來開快艇走了。」

　　「**他們？**」我愕然地問。

　　他解釋道：「應該是月神會的人。」

　　我立刻追問：「是不是坐一輛 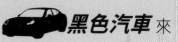黑色汽車 來的**？**」

　　「是。」

　　我大感意外，沒想到月神會的人原來也打算從水路押送方天回總部去。

　　「他們走了多久？」我緊張地問。

　　「沒多久。請你放心，我們事先在他們的快艇動了手腳，在油箱上鑽了五個小洞，不但會拖慢他們的快艇，而且到中途就會停了下來！」

我大力拍了一下他的肩頭，「**好計！**如果我能中途把他們截住，就不用硬闖月神會總部，可省卻不少麻煩了」。

我跟他們上了一艘裝置着四具引擎的快艇，他們二話不説便開動引擎，那快艇箭也似地狂飆而去。

那年紀較輕的日本人又對我笑道：「我在他們快艇的艇尾，塗上了*發光漆*，不難發現。」

這時雪已停了，我連忙拿起*望遠鏡*，搜索着那艘快艇的蹤影。

我們的快艇速度十分快，大概追趕了二十分鐘左右，我便察覺到前方有一團綠色的亮光，隨着海水載浮載沉。

我們的快艇*愈追愈近*，而我從望遠鏡中也看得愈來愈清楚了，那團*綠光*是一艘快艇的尾部發出來的。換句話説，我們已追上月神會綁架方天的那艘快艇了*！*

不再是秘密

我們 **加快速度**，轉眼間，已經逼近那團綠光了。由於距離接近，我們不用借助望遠鏡，也可以看得十分清楚，那一團**綠光**，是一艘**快艇**的艇尾所發出來的。

那年紀較輕的日本人，向我望了一眼，似乎對自己在敵人的艇尾塗上發光漆，感到十分**自豪**。我也對他豎起拇指以示嘉許。

當距離夠接近的時候，那兩個日本人拋出了繩子，將敵人快艇的艇尾勾住，準備登上艇去。

然而在這時候，我卻感到事情有**不對頭之處**。

艇尾被人塗上**發光漆**，敵人也許粗心大意沒注意到。但油箱**漏油**，即使看不到，也會從快艇的航行和操作上感受得到。而他們的快艇如今停在海中心，是因為燃油已經漏光了嗎？但他們為什麼沒有任何求救的動作？

我愈來愈感到事情不對勁，但這時候，那兩個日本人已急不及待躍上敵人那艘快艇，我連忙**大叫喝止**：

「**等等！**」

可是已經太遲了，他們兩人躍到那艘快艇上，快艇一感受到他們的重量，便立即響起「**轟**」的一聲巨響，爆炸起來。

剎那間，黑夜突然變成了白天，在我的面前，出現了**灼熱的白色光芒**。

我絕不是一個反應遲緩的人，但在那一瞬間，我卻十分無助，什麼也做不了，只能任由爆炸的*衝擊力*將我**拋到半空中！**

幸而這一拋，卻保住了我的性命。我身在半空往下看，只見我的快艇已被爆炸波及，變成了**一團火球**。而敵人那艘快艇，更是**灰飛煙滅**，已經消失於眼前了。

我的身子又重重地跌入了冰冷的海水裏，我掙扎着浮了起來，只看到我們的快艇正慢慢往下沉，海水和烈火似在互相搏鬥，發出「**嗤嗤**」的聲音。不到兩分鐘，海面又恢復了平靜。

那兩個在五分鐘前還 **生龍活虎** 的日本人，現在恐怕已經化為飛灰了。我吸了一口氣，不禁打了幾個寒顫。

我們太 **低估** 月神會的實力了，他們不但發現了快艇被人動過手腳，而且更反過來設下陷阱還擊，我十分痛恨自己竟然想不到這一點，間接 **連累** 了兩名無辜的伙伴。

莫說追蹤月神會匪徒或拯救方天，現在我連自己脫身保命也成問題。

我在大海中心 **飄浮** 着，唯一能做的就是「**等**」，等

救兵，或者等死，而後者的機會顯然比較大。

　　當然，我還能游泳。雖然能游回岸的機會十分**渺茫**，但我討厭待着等死的感覺，所以寧願邊游邊等，於是便開始向着我認為是岸邊的方向游去。

　　一直游了很久，我極目望去，依然是一片 **茫茫大海**，而我的四肢，已漸漸地感到麻木了。

　　我不但要和致命的寒冷和起伏的波濤**鬥爭**，而且還要與自己心中消極想放棄的念頭作頑強**抵抗**。

　　我咬緊牙關，仰起頭，掙扎着堅持下去。

　　終於，我等到 **東方天邊發白**，天亮了，太陽升起使人感到世上仍有一絲希望存在。

　　我閉上眼睛，好好感受一下陽光的溫暖時，忽然隱約聽到遠處傳來引擎的聲音，我立刻又睜開了雙眼，往聲音方向看去，果然看到一艘快艇正遠遠地駛過。

我激動地舉起雙臂，拚盡最後一口氣揮着手，並 **高聲呼救**。

幾分鐘後，那快艇終於向我駛來。這時我所有力氣都 **耗盡** 了，連再抬起手臂的力道也沒有。

我只能浮在水面，不使自己沉下去，我閉着眼睛，聽到快艇的機器聲漸漸接近。我心裏在估算着自己的運氣，這快艇上會是什麼人？運氣好的話，可能是 **警方人員**，或者是善良的 **漁民**，但如果運氣差的話，對方可能是流氓，甚至是 **月神會** 的人。

　　幸好，我的運氣還未糟糕到如此程度，我聽到一把熟悉的聲音在叫我：「**衛！**」

　　那是納爾遜的聲音，我連忙睜開眼來，看到納爾遜就站在艇首，我只能激動地講出他的名字：「**納爾遜！**」

　　他立即拋下繩子，我麻木的五指勉強抓住了那繩子，他便將我拖上了快艇。我身子縮成一團，連站起來的力氣也沒有，納爾遜扶起了我，揚首叫道：「***熱茶，快！***」

一個壯漢立刻從艙中鑽出來，遞上一杯熱茶，我雙手捧着，喝了兩口，整個人**舒服多了**。

納爾遜和那壯漢合力將我抬進了船艙之中，為我除掉所有濕透的衣服，又以一條大**毛毯**裹住了我的身體，讓我保暖。

我向他們展現了一個**感激的笑容**。

納爾遜看到我狀態漸漸恢復過來，才開口問：「你在海上漂流了多久？」

「大約有**十二個小時**吧。」我説。

納爾遜以同情的眼神望着我，接着又問：「那一聲爆炸──」

我搖着頭説：「我們**中計**了，那兩位朋友──唉！」我十分難過，不由自主地嘆了一口氣。

　　納爾遜沉默了好一會，才能平復心情説：「我接到了 海上 發生爆炸 的報告——那是一架夜航客機發現的。而且，我正等着鈴木和春田兩人的匯報，卻等不到，我便知道出了事情，所以立刻趕來。」

　　我也收拾心情，問道：「那個 金屬箱子 ，你已經安置好了嗎？」

　　納爾遜很有信心地説：「這次大可放心，我已經將它放在一個 穩妥 到不能再 穩妥 的地方。」

我算算日子，B國大使這時候大概已經急得如 🐜熱鍋上的螞蟻了，雖然他上司給他的期限還未到，但他失去了我的蹤影和聯絡，必定焦急萬分，以為我騙了他。

此外，我還想起木村信之死，便問道：「那個總工程師木村信的**死因**，日本警方有結果了嗎？」

納爾遜皺着眉，「法醫經過極詳細的檢查後，認為木村信身體各方面都非常好，完全是一個健康的人，絕無致死的理由。」説到這裏，納爾遜忽然望着我，**試探**地問：「這方面，你可能比法醫知道得更多。」

我呆了半晌，想起那天晚上，方天用外星語，好像在**責罵**木村信的情形，和方天提及「**獲殼依毒間**」這個古怪的詞語。

我知道的就只有這麼多，而且我答應過方天，不能向他人透露。

我嘆了一口氣：「對不起，當中涉及一些方天的秘密，我不能説，希望你明白。方天的確有説不出的**苦衷**，如果他的秘密被公開，他會遭受到極大的痛苦**！**」

怎料納爾遜竟淡然地説：「其實也沒有什麼大不了，**他不過是來自地球以外的星球而已！**」

第廿九章

海上危機

我一聽到納爾遜的話，驚訝得連人帶毛氈跳了起來：

「你──你說什麼？」

納爾遜安慰道：「你不必擔心，這是我自己猜出來的，並不是你不守諾言，向我泄漏了他的秘密。」

的確，井上家族和月神會都記載了「天外來人」的事，在三百年前，能夠從天上飛下來的，不是 **外星人** 是什麼？

雖然也可能是幻術、戲法，甚至是謠傳，但如今種種線索都指向方天的時候，實在不難令人 **懷疑** 方天是那「天外來人」，而且也就是外星人。

我呆呆地望着納爾遜，他笑道：「這其實一點也不值得大驚小怪，**無邊無際的 太空** 之中，像地球這樣的星體，**以億數計**，有 *外星生物* 存在，是很自然的事。而且，如果那個星球和地球很相近，受着同一個太陽所孕育的話，演變出來的高級生物，和我們地球人也會 **大同小異**，這是很合理的。

我苦笑道：「方天的確幾乎和我們相同，所不同的，是他**血液的顏色**和那特別強烈的**腦電波**而已。」

納爾遜露出一絲困惑的表情，「不過，我卻猜不出他來自哪一個星球。」

事到如今，我實在也沒有再為方天保守秘密的必要了，便答道：「他說他來自土星的其中一個衛星，而且由於他們的科技水平比我們高得多，所以令地球人一直未能探測到那個星球的存在。」

「原來如此，那麼問題**迎刃而解**了！」納爾遜興奮地拍了一下大腿說：「A國這次的太空計劃，正是要探索土星一帶，而方天在火箭上偷偷添加了一個單人艙，就是想趁機返回家鄉！」

我點頭道：「是的，他是一個**可憐蟲**，我們應該幫他回家去。」

　　納爾遜 **來回踱步**，「但是對委託我們調查他

來歷的A國，我們該如何交代？」

　　我笑道：「那容易得很，我們教方天說，他在火箭上

裝置的單人艙，是用來運載 **太空猴** 的。火箭發射

時，作最後檢查的是他，他把太空猴換成了自己，也沒有

人會知道。」

　　納爾遜點點頭，「這倒是一個辦法，但我們首先要將

他從月神會手中救出來。」

　　「月神會是不會傷害他的，月神會要他作一次 **飛行**

表演，以鞏固信徒的信仰！」

接着，我便將我所知，月神會創立的經過，以及方天和另一個外星人迫降地球的經過，還有方天和木村信見面時的情形，甚至「獲殼依毒間」這個古怪詞語，都向納爾遜說了一遍。

剛好在我說完的時候，快艇上那名壯漢忽然向納爾遜**報告**：「在望遠鏡中，已經可以看到月神會的總部了，雷達探測到距離是九海里。」

我的衣服已被暖風機吹乾了，我連忙穿回衣服。納爾遜準備了兩把**特製的小手槍**，我和他各帶一把，走出艙外。

雷達顯示，我們距離那懸崖，已不過六海里了。

從望遠鏡看過去，可以看到那曾經囚禁我的、魔鬼也似的**古堡式建築**。

快艇迅速地向月神會總部駛去，可是當距離只有兩海里的時候，突然響起「**通通**」兩聲，接着，兩團帶着

灼熱光芒的圓球，向我們快艇的上空，飛了過來，一時間把海面四周照耀得如同白晝一樣。**那是超級照明彈！**

而同時，我們聽到了不止一架水上直升機起飛的聲音。納爾遜立即下令：「全速駛離照明彈的範圍！」

　　我們的快艇猶如 懸崖勒馬 一樣，轉了一個彎，掉頭退去。

　　三分鐘後，我們駛出了 照明彈 的範圍，隱沒在黑暗之中，但聽到 機槍的 掃射 聲 不絕，海面上濺起了一連串的水柱！

　　納爾遜嘆了一口氣：「他們有雷達探測設備，有超級照明彈，還有武裝水上直升機，我們根本不能靠岸，除非──」

我接上說：「潛水過去！」

納爾遜點頭贊成，「快艇上有一具 海底潛水機 。」

那海底潛水機，形狀如一塊安裝了推進器的長板，可以伏在上面，在海底潛航。

我和納爾遜將一切應用的東西，放入絕對防水的膠袋中，換上了潛水衣，負上氧氣筒。等到水上直升機的聲音靜下來，而照明彈的光芒也熄滅後，我們便伏在潛水機上，潛到 海底 去。

當深度達到二十米左右，我們亮了燈，燈光可及的範圍也在二十米內。

我們都很緊張，雖然配備着能在海底通話的儀器，但是誰也不出聲，直到前面出現了 一排 黑 色 圓 球 時，我們才各自低呼了一聲，因為我們都知道，那些是一碰便會爆炸的 水雷 ！

　　我們嘗試繞過水雷前進，但發現那一排水雷陣，竟像是沒有盡頭一樣，排列成**半圓形**，剛好將月神會總部外的海面完全守住！

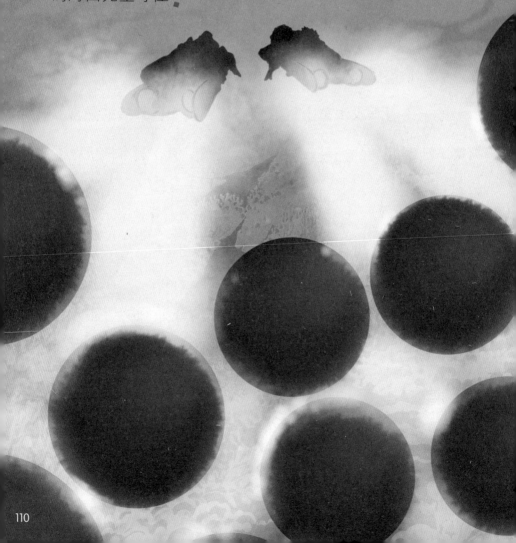

　　我和納爾遜絕望地**面面相覷**。我望着那些密密麻麻的水雷，忽然想到了一個方法，便用儀器對納爾遜説：「月神會勢力雖大，但也不敢**公然**在海面上佈置那麼多的水雷，所以水雷和海面之間，保留了一定的距離，以免被人看見。」

　　納爾遜**聞言一驚**，「你的意思是，我們可以在海面和水雷之間穿過去？我看那只有一米多的空間！」

　　「不是我們，是我。你不必冒險，我一個人去救方天就可以了。」我説。

怎料納爾遜二話不説，便放開了 **潛水機**，並開始解下身上的 **潛水裝備**，包括 **氧 氣** 筒。

我明白他的意思，他不會讓我一個人去，而為免在那狹窄的空間觸碰到 **水雷**，我們必須拋棄潛水機和潛水用具。

我們先上升到距離海面約一米的位置，將那個不透水的膠袋掛在頸上，然後拚命吸着氧氣。當我們都準備就緒的時候，便 **深深 一大口 氧氣**，然後丟掉氧氣筒，在海面和水雷之間那一米多的空間，向月神會總部的岸邊游去。

我們不能露出海面，會被敵人發現。同時也不能碰到下方的水雷，否則便會 **粉 身 碎 骨**。

由於不能浮出水面，我們無法呼吸，只能靠一口氣游到岸邊去，那簡直是在挑戰身體的 *極限*。

還好距離不遠，我們泳術也不俗，就在快要窒息之

際，**我們終於游過來了！**

　　我們伸手抓住了岸邊的石角，浮出水面，看到有一處石縫可以藏身，便迅速地爬上岸，藏身於石縫之中。

　　我和納爾遜都**拚命**地吸着氣，過了好幾分鐘，呼吸才慢慢暢順下來。

　　這時候，我們忽然聽到上面的岩石上，有腳步聲傳了過來，同時，有兩隻**強力電筒**向我們周圍的岩石照射着，兩個光圈在*掃來掃去*，眼看快要照射到我們的身上了⋯⋯

第三十章

直闖虎穴

我和納爾遜沒有別的選擇，只能放手一搏，**先發制人**。在電筒照射到我們身上之前，我們已 *向上竄去*，

幸好那裏只有兩名嘍囉，周圍暫時沒有別的人，我們便像兩

頭 黑豹一樣 撲擊過去，那兩個人連大聲呼救的

機會也沒有，已被我們「啪啪」兩聲擊暈在地上。

我們將自己身上的濕衣服，迅速地脫了下來，換上了那

兩人身上的衣服，然後將他們綑綁，塞進岩石縫中。

我和納爾遜拾起了兩人的手電筒，假裝

成月神會的人，向前走去。

我們一轉過山角，便有人迎面而來問：「有發現麼?」

我非常鎮定，沉聲道：「沒有。」

那人便催促說：「快到廣場集合去!」

我和納爾遜都不知道廣場在什麼地方，卻又不能開口

問。

幸好那人轉身走了，我們緩緩跟在後面，轉了幾個彎，

終於看到廣場了。

那就在古堡式建築的右側，是一塊廣闊的空地，

這時已有幾十人在聚集，我和納爾遜站在一個 **黑暗的**
角落 裏，並不出聲。

廣場上聚集的人愈來愈多，忽然之間，古堡上，一個
正對着廣場的 **窗 子** 突然打開，站出來一個人。

大家立即 **肅靜下來**，那人發出低沉的聲音説：「剛
才攝影機拍到了 **入侵者**，大家看清楚 **！** 」

話音剛落，投影機已在古堡的外牆上投射出一個影
像，是兩雙手抓住了岸邊石頭的照片。

廣場上起了一陣騷動，我和納爾遜都十分 **駭然**，原
來我們登岸的一剎那，已被他們的 **監視器** 拍了下來。
不幸中的大幸是，由於我倆登上岸的速度極快，監視器一
定拍不清楚我們的容貌，所以才會只展示出手部的照片。

那人下令道：「他們可能已經入侵了我們的總部，所有

人立刻準備好武器和工具，分頭搜索每一處地方，必須盡快把入侵者抓住　　」

眾人齊聲回應了一聲，便立即去辦。

　　我和納爾遜也離開了廣場，初時跟着眾人走，**魚目混珠**。但當來到一個牆角處，我便立即拉着納爾遜閃到牆角的另一邊。我曾經到過這座古堡，對地形有點印象，於是便帶着納爾遜走，來到了一扇門前。

　　我推了推那扇門，門是鎖着的。我取出百合鑰匙來開門，而納爾遜則為我把風。不到一分鐘的時間，我就將那道門弄開，與納爾遜一起**閃身**鑽了進去。

　　一進門，我倆都**不約而同**地舉起手槍戒備，以防房裏有人。

　　我們眼前一片漆黑，什麼也看不到。納爾遜**小心翼翼**地亮起他隨身所帶的電筒，只見那是一個很大的房間，但並沒有窗，周圍堆滿了各式各樣的雜物，積了厚厚的**灰塵**。

　　這裏看來是一間儲物室，完全沒有其他人。我和納爾遜不禁對望了一眼，不約而同地伸出手來，重重地握了一

下，慶祝我們的**好運氣**。

　　但這時候，我們隱約聽到 **腳步聲** 從房間的另一邊傳進來。我們往聲音方向走過去，那裏有另一扇門，腳步聲是從門外傳來的，聽起來，外面似乎是 **一條走廊**。

　　　　我**輕輕**地**旋動門把**，那

　　　門也是鎖着的，我又動用了百合鑰

119

匙，非常輕柔地開了鎖，旋動門把，將門打開了一道縫，向外看去。

外面果然是一條走廊，不少人正在來來往往、匆匆忙忙地走着，神色異常緊張，顯然是在搜索入侵者。

我迅速又把門關好，但聽到外面有人説：「剛剛有人發現河野和上間，他們 **被人打昏**，連衣服都被扒掉了！」

又聽到另一人問：「知道入侵者是什麼人嗎？」

「據説是 **一老一少**，老的是一個**西方人**。」

我和納爾遜聽到了，都 ❤**中一凜**。

接着，一把十分莊嚴的聲音説：「入侵者可能已換上我們的制服，大家要仔細搜尋，一定要捉到他們，將他們投入火爐裏，燒成飛灰 **！**」

此人講話的時候，其餘的人都靜默了下來，從那聲音的莊嚴程度聽來，那人很可能是月神會的長老之一。

那聲音接着又說：「將那一男一女看得緊密些，不要誤了大事！」

有許多聲音答道：**「知道！」**

納爾遜皺着眉，在我耳邊問：「你聽到沒有，一男一女，男的會不會就是**方天？**」

我微微點頭，也以極低的聲音說：「女的很可能是**佐佐木季子**。」

等到外面的腳步聲漸漸散去，我再度輕輕打開了門，從門縫看出去，發現外面只剩下一個身材高壯的男人，那人背對着我，我看不清他的臉，但他披着**月白色**的**神袍**，光看背影也有一種令人**肅然起敬**的感覺，我深信他必定是月神會長老之一！

我決定**兵行險着**，將門拉了開來，同時躲到門後，用手指在門上「**卜卜**」地敲了兩下。納爾遜明白我的用意，也立刻躲在門邊暗處，握着拳頭，**蓄勢以待**。

那人一聽到敲門聲，便立即**轉過身來**，走廊上閃動着的油燈火光，照在他的臉上，使我吃驚得差點高叫起來！

因為那張臉，分明是井上次雄！

不過，我很快就從驚愕中清醒過來，因為我記起井上次雄說過，月神會的三個長老之中，有一個是姓井上的，是他們家族的近支。

眼前這個與井上次雄有八九分相似的人，相信就是那個姓井上的長老了。

那人握着手槍，緩緩地走過來。到了門口，向房裏喝道：「**誰在裏面？**」

我和納爾遜都**屏住了氣息**，一聲不出，等待他跨進來。

但對方畢竟是井上家族的人，更是三大長老之一，行事自然非常**謹慎**。他並沒有走入房間搜索，反而伸手握住了門把，想將門關上，再召足夠的部下來圍捕房裏的疑人。

我當然不能讓他這麼做，立刻使盡全力將門向他推去。那人反應不及，登時被門重重地**撞倒**在地上。

我迅即又拉開了門，看見那人倒在走廊上，正想爬起身來向我開槍之際，我迅速一腳把他手中的槍**踢掉**。

沒想到此人功夫也不賴，手槍飛脫後，雙手抓住了我的重心腳，**用力一拉**，把我摔倒在地。

他趁機**大聲**呼救，但只喊了一個音，我已迅速*摀住了他的嘴*，另一隻手制伏了他的上半身。

此時納爾遜也不怠慢，連忙上前幫忙，抓住了那人的雙腳。我們便合力將他抬進 **儲物室** 裏去。

那人仍掙扎着想喊叫，納爾遜用手槍指着他的**鼻尖**，他才肯安靜下來。

　　此時遠處傳來嘍囉們的聲音：「剛剛好像聽到井上長老喊了一聲，我們快去看看。」

　　我及時將儲物室的門關上，但眼前這位井上長老卻**忽然笑了起來**，而且顯然是一種**嘲笑**。

　　我和納爾遜氣惱之際，突然**靈機一閃**，明白到井上長老在笑什麼了，因為我們忘記了，他的手槍仍遺留在外面，馬上就會被人發現啊！（待續）

勃然大怒

我**勃然大怒**，厲聲質問：「你這個魔鬼，你剛才用了什麼方法弄死他？」

意思：形容突然變臉，發起脾氣來。

大惑不解

這一點我也**大惑不解**，不禁用疑惑的眼神望向納爾遜。

意思：指對某事或情況懷疑，想不通，不可理解。

故弄玄虛

納爾遜滿臉狐疑，似在懷疑方天只是**故弄玄虛**，嚇唬納爾遜把箱子交給他。

意思：形容為掩蓋事實真相；而說話故作高深；或故意玩弄花招的欺騙伎倆。

驚惶失措

「砰」的一下槍聲響起，使我**驚惶失措**，也氣惱納爾遜太衝動，沒有確認清楚前面那輛是否月神會的車子便開槍，如今很可能已經傷害無辜了！

意思：舉止失去常態。

事不宜遲

我未等他說完，已經躍進車廂，坐在駕駛位上，說：「**事不宜遲**了！這個險由我來冒，你留在這裏守住箱子，等援兵來接應吧！」

意思：形容事情要抓緊時機快做，不宜拖延。

先發制人

我和納爾遜沒有別的選擇，只能放手一搏，先發制人。

意思：指爭取主動；先動手來制服對方。

駭然

廣場上起了一陣騷動，我和納爾遜都十分**駭然**，原來我們登岸的一剎那，已被他們的監視器拍了下來。

意思：驚訝的樣子。

魚目混珠

我和納爾遜也離開了廣場，初時跟著眾人走，**魚目混珠**。

意思：以魚的眼睛冒充珍珠。比喻以次充好，以假亂真。

衛斯理系列 少年版 10

回歸悲劇 上

作　　　者：衛斯理（倪匡）

文 字 整 理：耿啟文

繪　　　畫：余遠鍠

責 任 編 輯：周詩韵　彭月

封面及美術設計：BeHi The Scene

出　　　版：明窗出版社

發　　　行：明報出版社有限公司

　　　　　　香港柴灣嘉業街 18 號

　　　　　　明報工業中心 A 座 15 樓

電　　　話：2595 3215

傳　　　真：2898 2646

網　　　址：http://books.mingpao.com/

電 子 郵 箱：mpp@mingpao.com

版　　　次：二〇二〇年二月初版

　　　　　　二〇二〇年七月第二版

I S B N：978-988-8525-26-3

承　　　印：美雅印刷製本有限公司